LES

ACTUALITÉS

VAUDEVILLE ÉPISODIQUE

EN UN ACTE,

PAR MM. DUMERSAN ET BRAZIER;

Représenté pour la première fois à Paris, sur le Théâtre
des VARIÉTÉS, le 5 septembre 1833.

PRIX : 1 FR. 50.

A PARIS,

J. N. BARBA, LIBRAIRE,

PALAIS-ROYAL, GRANDE COUR, DERRIÈRE LE THÉATRE-FRANÇAIS.

1833.

LES
ACTUALITÉS

VAUDEVILLE ÉPISODIQUE

EN UN ACTE,

PAR MM. DUMERSAN ET BRAZIER;

Représenté pour la première fois à Paris, sur le Théâtre
des VARIÉTÉS, le 5 septembre 1833.

PRIX : 1 FR. 50.

À PARIS,

J. N. BARBA, LIBRAIRE,

PALAIS-ROYAL, GRANDE COUR, DERRIÈRE LE THÉATRE-FRANÇAIS.

1833.

PERSONNAGES.	ACTEURS.
M. GOBETOUT.	M. PROSPER.
Mme GOBETOUT.	Mme VAUTRIN.
DELPHINE, leur fille.	Mlle DUPONT.
AUGUSTE DUCRAYON.	M. LHÉRIE.
ARMANTINE, sa sœur.	Mlle FLORE.
ROUGET, domestique de Gobetout.	M. HIACYNTE.

Rôles épisodiques.

M. CIGARRE.	
M. OMASIS.	
M. DESCONCERTS.	M. LHÉRIE.
M. TÉLÉGRAPHE.	
COLIN TAMPON.	M. ODRY.
Mlle GIGOT.	Mlle FLORE.
Mme DE BRINVILLIERS.	

UN PROCUREUR DU ROI.

QUATRE MODISTES.

QUATRE CAPUCINS.

DEUX SOLDATS.

DEUX NÈGRES.

BOURGEOIS ET BOURGEOISES.

La scène est à Paris dans le jardin de M. Gobetout.

Imprimerie de CHASSAIGNON,
rue Git-le-Cœur, 7.

LES ACTUALITÉS,

VAUDEVILLE ÉPISODIQUE.

Un jardin. Au fond, un mur. A droite et à gauche, au premier plan, pavillons dont les croisées s'ouvrent. Au dernier plan, à droite, une grille. Près du pavillon, à gauche, table de pierre, avec ce qu'il faut pour écrire ; chaises de jardin.

SCÈNE PREMIÈRE.

Mme GOBETOUT, DELPHINE, *assises, travaillant.*

Mme GOBETOUT.

Ah ça ! voyons, ma fille, parle-moi franchement... Je suis une bonne femme toute ronde. Pourquoi ne veux-tu pas obéir à ton père ?

DELPHINE.

C'est qu'il me demande une chose qui n'est pas raisonnable.

Mme GOBETOUT.

Voilà bien les enfans ! qui se croyent aujourd'hui plus habiles que leurs parens.

DELPHINE.

Mais, maman, vous savez bien que papa est un peu crédule, et qu'il adopte toutes les idées qu'on lui propose, avec une facilité...

Mme GOBETOUT.

M. Gobetout n'est pas un génie, il n'a pas inventé la poudre, il croit tout ce qu'on veut lui faire croire : je m'en suis aperçue quand je l'ai épousé.... mais après cela, c'est un homme qui n'est pas sans son petit mérite.

DELPHINE.

Je crois cependant, maman, que vous devez prendre garde à son projet.

Mme GOBETOUT.

Lequel?.. car il en a tous les jours de nouveaux.

DELPHINE.

Il ne vous a donc pas encore dit celui-là?

Mme GOBETOUT.

Non.

DELPHINE.

Eh bien ! maman, mon papa veut former une colonie à Alger.

Mme GOBETOUT, *se levant.*

À Alger?.. est-ce qu'il n'y en a pas une ?

DELPHINE, *se levant.*

Oui, mais il dit qu'elle n'est pas au complet; et pour faire fortune, il veut y transporter tous les arts et toutes les inventions nouvelles.

Mme GOBETOUT.

Lesquelles donc ?

DELPHINE.

Que sais-je, moi ? les théâtres, les chemins de fer, les journaux, les machines à vapeur, la musique, les socques articulés, tout ce qui fait, dit-il, la gloire et le bonheur de la France.

Mme GOBETOUT.

C'est effrayant ! S'il emporte tout cela à Alger, qu'est-ce qui restera ici ?

DELPHINE, *soupirant.*

Il y restera M. Auguste Ducrayon, ce jeune artiste que vous estimez tant, qui fait de si jolies caricatures.

Mme GOBETOUT.

Et qui a fait mon portrait... Oui, je connais ses desseins.

DELPHINE.

Il voudrait bien être votre gendre.

Mme GOBETOUT.

C'est vrai, et tu le voudrais bien aussi ?

DELPHINE.

C'est encore vrai.

Air : *Comme il m'aimait.*

Il n'aim' que moi, je n'aim' que lui ;
Il est fidèl', j'ai d' la constance :
Lui seul doit être mon mari,
Il n'aim' que moi, je n'aim' que lui,
Un autr' veut m'épouser, je pense,
Mais voyez quell' sera sa chance :
Il n'aim' que moi, je n'aim' que lui.

Mme GOBETOUT.

Ma fille, on aime toujours son mari, et quel que soit celui qu'on vous donnera...

DELPHINE, *vivement.*

Même air.

Je n' l'aim'rai pas, (*bis*)
Et malgré ma douceur extrême,
Maman, je vous le dis tout bas :

Je n' l'aim'rai pas. (bis)
Pour un homm', vous l'savez vous-même,
Un' femm' n'est bonn' que quand ell' l'aime ;
Je n' l'aim'rai pas. (bis)

Mme GOBETOUT.

Mais pourquoi ton père refuse-t-il M. Auguste ?

DELPHINE.

Parce qu'il ne veut pas aller à Alger avec lui.

Mme GOBETOUT.

Mais ni moi non plus, je ne veux pas y aller ! On dit qu'il y a par là des tigres, des serpens, des Bédouins, et que les femmes n'y sont pas en sûreté.

DELPHINE, *vivement*.

Il faudra dire cela à mon papa.

Mme. GOBETOUT.

Mais où prendra-t-il de l'argent pour payer tous ces engagemens-là, et pour les frais du voyage ?

DELPHINE.

Vous savez qu'il a reçu, ces jours derniers, un remboursement très-considérable.

Mme GOBETOUT.

Avec lequel il devait acheter de la rente d'Espagne.

DELPHINE.

Il a changé d'avis ; cet argent est destiné maintenant à payer les premiers intrigans qui se présenteront.

Mme GOBETOUT.

J'y mettrai bon ordre.

DELPHINE, *allant vers le fond*.

Ah ! maman, voilà Mademoiselle Armantine.

Mme GOBETOUT.

La sœur de M. Ducrayon. C'est une femme très-aimable, un peu folle ; mais cela ne lui va pas mal.

DELPHINE.

Son frère est avec elle.

SCÈNE II.

LES MÊMES, ARMANTINE, AUGUSTE.

ARMANTINE.

Bonjour, mes charmantes voisines.

Mme GOBETOUT.

Toujours gracieuse comme à votre ordinaire.

ARMANTINE.

Vous voulez dire étourdie, distraite, préoccupée, c'est mon défaut; mais j'en conviens.

AUGUSTE, *riant.*

Ma sœur ne se flatte pas. (*Avec emphase.*) C'est une femme à imagination !

DELPHINE.

Sœur d'un artiste, elle tient de famille.

ARMANTINE.

Oui, je suis un peu exaltée ; je tiens à honneur de relever, dans notre siècle, la gloire des femmes, qui me semble un peu négligée.

DELPHINE.

Vous travaillez toujours ?

ARMANTINE.

Pas beaucoup : je ne publie que six volumes par mois.

DELPHINE.

Oh! la paresseuse !

ARMANTINE.

Je soigne mon style.

DELPHINE.

Et qu'allez-vous nous donner ?

ARMANTINE.

Je viens de publier une nouvelle bleu-barbeau, et je suis en train d'achever des contes cramoisis.

Mme GOBETOUT.

Oh ! les drôles d'intitulés !

ARMANTINE.

Air : *Ce soir, au boulevard du Temple.*

Dans des affiches de deux aunes,
La librairie offre à nos yeux
Des contes bruns, des contes jaunes,
Des contes verts, des contes bleus.

AUGUSTE.

Le papier rose qui les couvre
Les fait passer... mais par malheur,
On s'aperçoit, quand on les ouvre,
Qu'ils n'ont pas la moindre couleur.

DELPHINE.

C'est bien, de soutenir la gloire de notre sexe; moi, je songe à son bonheur.

ARMANTINE.

Comment donc, petite voisine, est-ce que vous ne seriez pas heureuse ?

AUGUSTE.

Si Madame Gobetout, cette excellente mère, voulait que vous le fussiez, je me chargerais bien de remplir tous ses vœux.

Mme GOBETOUT.

Je sais tout cela, mes chers enfants; mais mon mari est un original qui a des idées à lui, qui n'a jamais fait que des sottises, excepté quand il m'a épousée.

AUGUSTE.

Vous avez autant de raison qu'il en a peu, et je viens vous prier, comme la femme la meilleure, la plus sensible que je connaisse, de me permettre à son égard une petite mystification.

Mme GOBETOUT.

Comment, Monsieur, vous voulez mystifier mon mari!

ARMANTINE.

Où est le mal?

Mme GOBETOUT.

Et vous me demandez ma permission pour cela!

AUGUSTE.

C'est plus honnête que de le faire sans vous prévenir.

DELPHINE.

Maman, consentez-y.

Mme GOBETOUT.

Et vous aussi, Mademoiselle, vous voulez qu'on mystifie votre père!

AUGUSTE.

C'est pour son bonheur et pour le nôtre. Je sais les projets de M. Gobetout : il va se ruiner.

ARMANTINE.

Et qu'en ferez-vous après cela? Un homme ruiné n'est plus bon à rien.

Mme GOBETOUT.

Voilà une raison.

AUGUSTE.

Votre mari s'engoue de tout ce qui paraît, il n'aime que ce qui est moderne.

Mme GOBETOUT.

C'est donc cela qu'il me néglige depuis quelque temps!

ARMANTINE.

Je ne suis pas pour les vieilleries; mais il y a du choix dans les nouveautés.

Air : *Gaîment je m'accommode.*

On crie, en poésie,
Du neuf!

En politique, on crie :
Du neuf !
On veut, en mélodrame,
Du neuf ;
Et même, en fait de femme,
Du neuf.

AUGUSTE.

Malgré tout cela...

Nous voyons, dans nos codes,
Du vieux ;
Dans les nouvelles modes,
Du vieux ;
Dans les places, foisonne
Le vieux ;
Partout, pour neuf, on donne
Du vieux.

Au résumé, ma chère, mon aimable Madame Gobetout, donnez-nous votre consentement, et nous sommes sûrs de triompher.

Mme GOBETOUT.

Les hommes aimables ont toujours fait de moi ce qu'ils ont voulu.

GOBETOUT, *en dehors.*

Rouget ! Rouget !

DELPHINE.

J'entends papa.

AUGUSTE.

Je me sauve. Quelque chose que vous voyiez, que vous entendiez, ne me trahissez pas.

ARMANTINE.

Je vous demande la même complaisance pour moi.

AUGUSTE.

On ne guérit les fous qu'avec des folies.

Air : *Walse de Robin.*

Soyez pour nous, ma bonne mère !
Si notre projet réussit,
C'est son bonheur que je veux faire.

ARMANTINE.

Il le fera comme il le dit.

DELPHINE.

On me dira ce qu'il faut faire.

AUGUSTE.

Oui, plus tard on vous l'apprendra.

ARMANTINE.

Mais d'abord, aimez bien mon frère.

DELPHINE.

Je ferai tout ce qu'on voudra.

ENSEMBLE.

Soyez pour nous, etc.

Auguste et Armantine sortent.

SCENE III.

Mme GOBETOUT, DELPHINE, *assises*; GOBETOUT.

GOBETOUT, *boitant.*

Ah! vous voilà, ma femme et ma fille; assises, vous repo-
sant, toujours stationnaires! Voyez, moi, je marche, je vais
avec mon siècle.

Mme GOBETOUT, *à part.*

Oui, un peu de travers.

GOBETOUT.

Qu'est-ce que vous dites?

Air : *Je flâne.*

Je boite, je boite,
Et je vais comme bien des gens,
A gauche, à droite,
Selon les temps.

J'ai toujours accepté d'avance,
Chaque gouvernement, en France.
Et quand on me dit : Mon garçon,
Vous changez donc d'opinion?
—Moi, changer?.. vraiment, non!

Je boite, je boite,
Et je vais comme bien des gens,
A gauche, à droite,
Selon les temps.

DELPHINE, *le suivant.*

Mon père...

GOBETOUT.

Que veux tu?

Mme GOBETOUT, *de même.*

Mon mari....

GOBETOUT.

Qu'est-ce qu'il y a?

DELPHINE.

Je voudrais vous dire...

2

GOBETOUT.

Parle donc.

Mme GOBETOUT.

Elle n'ose pas.

GOBETOUT.

Est-ce quelque invention nouvelle que tu voudrais me proposer !

DELPHINE.

Oh ! mon Dieu, non, mon papa.

Mme GOBETOUT.

Il s'agit de mariage.

GOBETOUT.

Oh ! en effet, c'est bien vieux, bien rococo !

Mme GOBETOUT.

Elle aime, cette enfant.

GOBETOUT.

Oh ! l'amour ! c'est encore bien plus rococo ! c'est vieux comme le monde.

DELPHINE.

Qu'importe, mon père ? ça n'en est pas moins gentil.

GOBETOUT.

Air : *Ils demandaient dans leur langage.*

Pour toutes les vieilles routines
J'ai la plus grande aversion ;
Le siècle tombait en ruines,
Je suis pour la progression.
C'est vainement que de moi l'on se moque ;
Un vieil abus et me blesse et me choque :
Pour le nouveau, je suis de feu ;
Tout au progrès, point de milieu,
Moi, je marche avec mon époque.

Il marche en boitant.

DELPHINE, *lui donnant une chaise.*

Mon père, asseyez-vous un peu.
Vous marchez avec votre époque,
Il faut vous reposer un peu.

Mme GOBETOUT.

Je ne vous empêche pas de penser à toutes vos belles idées ; mais il faut aussi songer à marier votre fille.

GOBETOUT, *assis.*

Je la marierai à un homme progressif, à un homme qui brillera de l'éclat de quelque invention ; à un homme qui se fera remarquer par une importation quelconque, comme un chemin de fer, une religion nouvelle, un pont sous la rivière, ou un ballon que l'on puisse diriger.

Mme GOBETOUT.

Vous ne trouverez jamais cela.

GOBETOUT.

Bah! n'ai-je pas fait imprimer des affiches, qui sont collées sur tous les murs de Paris, et qui annoncent mon entreprise pour la colonisation morale d'Alger.

Mme GOBETOUT.

Vous êtes fou.

GOBETOUT.

Taisez-vous, ma femme. Vous allez voir abonder ici les hommes de génie, à qui Rouget, mon domestique, distribue des papiers dans les rues.

Mme GOBETOUT.

C'est donc ça, que je n'ai pas pu l'avoir pour servir le déjeûner.

GOBETOUT.

Et pour inspirer plus de confiance aux passans, et fixer leur attention, je lui ai fait faire un joli uniforme, qui tient le milieu entre le lancier rouge et le chinois de paravent.

Mme GOBETOUT.

Un uniforme!

GOBETOUT.

Comme les distributeurs du *Vert-Vert*, du *Bon Sens*, du *Sens commun*. C'est de l'actualité, ça, Madame.

Mme GOBETOUT.

Eh bien! Monsieur, partez pour Alger avec votre colonie, avec votre actualité; et laissez-nous, ici, ma fille et moi.

GOBETOUT, *en colère.*

Vous ne voulez pas me suivre, femmes arriérées!

Mme GOBETOUT, *se fachant.*

Non. Laissez-moi la dot de votre fille : je la marierai à ma fantaisie, raisonnablement.

GOBETOUT.

Du tout. J'ai besoin de mes capitaux pour ma colonie.

Mme GOBETOUT, *criant.*

Je plaiderai contre vous.

GOBETOUT, *se frottant les mains.*

Tant mieux, ça fera un petit scandale : c'est dans l'esprit de l'actualité.

Mme GOBETOUT.

Quel homme!

GOBETOUT.

Ah! voilà mon distributeur de programmes, de prospectus! Hein? des prospectus, encore de l'actualité.

Mme GOBETOUT.

Oui, il paraît cent prospectus pour un ouvrage.

SCÈNE IV.

LES MÊMES, ROUGET.

GOBETOUT.

Eh bien! Rouget, as-tu bien donné de mes avis, et surtout aux hommes de génie que tu as rencontrés?

ROUGET.

Not' maître, j'en ai donné à tout le monde; mais je n'ai pas reconnu les hommes de génie : ils n'ont rien qui les distingue; ils sont absolument comme vous et moi! On devrait leur mettre une marque.

GOBETOUT.

Tais-toi donc, ils n'ont pas besoin de ça. Est-ce que le génie ne se voit pas dans la physionomie, dans les yeux? regarde-moi en face.

ROUGET.

Je vous regarde, et je ne vois rien du tout.

GOBETOUT.

Air : Vaudeville de Jadis et Aujourd'hui.

Mon pauvre Rouget, que t'es bête!
Tu ne sais pas qu' le génie a
Toujours un' flamme sur la tête.

ROUGET.

Non, not' maître, je n' savais pas ça.
C'est donc pour fair' voir sa lumière,
Qu' vous avez, en lisant l' feuill'ton;
Brûlé, la semaine dernière,
La mèch' de vot' bonnet d' coton.

En parlant de feu, v'là un Mossieu qu'arrive en fumant.

SCÈNE V.

LES MÊMES, CIGARE, *costume de Jeune-France.*

CIGARE, *un cigare à la bouche.*

Air : Enfant chéri des dames.

Tous les amans des dames,
Maintenant, à Paris,
Fument au nez femmes
Et devant les maris.

Pour varier ma jouissance,
Je fume vingt pipes par jour ;
Laissant aux sots l'ennuyeuse constance,
Je les allume tour-à-tour,
Pourquoi me piquer de constance ,
Quand je vois de nouveaux tabacs ?
Dès que je me réveille,
J'entends, à mon oreille,
Un bon enfant me répéter tout bas :

Tous les amans, etc.

Le ciel me récompense ,
Et va faire, ma foi,
Un Hollandais, je pense,
D'un Français tel que moi.
Vive aujourd'hui la France !
On rencontre, en tous lieux,
La pipe en permanence
Dans ce climat heureux,
Non, il n'est pas de pays plus heureux :

Car les amans des dames ,
Maintenant, à Paris ,
Fument au nez des femmes
Et devant les maris.

GOBETOUT.

Vous êtes Monsieur...

CIGARE.

Cigare , pour vous servir.

Mme GOBETOUT.

Cigare de Paris ?

CIGARE.

Non, Cigare de la Havane ; mais naturalisé citoyen français, professeur de bon goût, de bon ton et de bonnes manières ; tenant classe de fashionables le matin , et donnant le soir des leçons en ville.

GOBETOUT.

Monsieur, c'est donc du bon ton de fumer aujourd'hui ?

CIGARE.

Du meilleur ton.

GOBETOUT.

Il n'y avait autrefois que les marins , les Flamands et la populace, qui fumassent.

Mme GOBETOUT.

Et jamais avec les femmes.

CIGARE.

C'est changé : aujourd'hui, les enfans fument comme es grandes personnes.

GOBETOUT, *marchant.*

Il n'y a plus d'enfans, les enfans marchent comme moi.

CIGARE.

Tout le monde fume , Monsieur.

Air *de Jeannot et Colin.*

Un pauvre mari fume
S'il rencontre un amant ;
A son tour, l'amant fume
S'il trouve un remplaçant.
Une coquette fume
Quand sa rivale plaît ;
Et plus d'un auteur fume
S'il entend un sifflet :
Monsieur, ce monde n'est
Qu'un grand estaminet.

GOBETOUT.

C'est vrai.

CIGARE.

Un spéculateur fume
Si la rente a haussé,
Lorsque son voisin fume
Si la rente a baissé.
Un homme en place fume
Quand on lui lance un trait.
Plus d'un ministre fume
Si l'on rogne un budget :
Monsieur, ce monde n'est
Qu'un grand estaminet.

GOBETOUT.

Dont vous êtes un habitué.

Mme GOBETOUT, *ironiquement.*

Comme les jeunes gens d'aujourd'hui sont aimables!

CIGARE.

J'espère, Monsieur, que si j'ai le bonheur de vous convenir et de plaire à Mademoiselle , nous pourrons faire ensemble un petit arrangement.

DELPHINE.

Je ne crois pas, Monsieur.

CIGARE, *s'approchant d'elle.*

Air *de la Sentinelle.*

Ah! si je puis devenir votre époux,

Vous régnerez à jamais sur mon âme ;
Je passerai ma vie à vos genoux,
A vous prouver mon ardeur et ma flamme.
Jamais, pour vous, elle ne s'éteindra :
Car vos beaux yeux l'auront seuls allumée.

DELPHINE.

Monsieur, j'entends bien tout céla ;
Mais, avec cette flamme-là,
Vous me'ngloutissez de fumée.

CIGARE.

C'est le genre. Ah ça ! M. Gobetout, nous ouvrons un esta-minet sur la promenade d'Alger, vous avancez les fonds de l'entreprise. Signons notre petit contrat.

GOBETOUT.

J'ai fait imprimer des engagemens où tout est indiqué. Le départ demain, et le rendez-vous sur le vaisseau du pont Royal, dont j'ai fait l'acquisition pour ce voyage.

CIGARE, *signant.*

Très-bien ! nous ne serons pas long-temps en route ; et aus-sitôt arrivés, nous ouvrons notre estaminet.

Air du Parnasse des dames.

Comme l'intérêt le gouverne,
L'Anglais voudrait bien s'arranger
Pour établir une taverne
Sur le territoire d'Alger.
Mais nous voulons, sur cette terre,
Faire un estaminet français,
Où long-temps encore, j'espère,
Nous ferons fumer les Anglais.

Il sort.

DELPHINE.

Ils fumeront sans moi : je n'épouserai jamais votre M. Ci-gare.

Mme GOBETOUT.

Ma fille, laissons votre père faire ses folies sans nous. Allez étudier votre piano.

*Elles sortent : Delphine entre dans le pavillon
à gauche, Madame Gobetout dans celui de
droite.*

SCÈNE VI.

ROUGET, GOBETOUT, Mlle GIGOT, *quatre* DEMOISELLES
en blanc, ayant d'énormes manches à gigots.

Mlle GIGOT, LES DEMOISELLES.

Air : Que ces bosquets épais.

Allons, quittons Paris,

Séjour des jeux, des ris ;
Allons ouvrir boutique
En Afrique.
Les bonnets,
Les berrets
Et les chapeaux
Nouveaux,
Vont, par nous, voyager
En Alger.

ROUGET.

Ah ! not' maîtr', j'aperçois
De ben jolis minois !

GOBETOUT.

Ces jeun's filles
Sont vraiment très gentilles.

Mlle GIGOT.

Si ça vous fait plaisir,
Avec vous j'vais partir ;
J'en emmène un magasin
Tout plein.

CHŒUR.

Allons, quittons Paris, etc.

GOBETOUT.

Puis-je savoir à qui j'ai l'honneur... ?

Mlle GIGOT.

Je suis Mademoiselle Gigot, renommée pour mes manches.

GOBETOUT.

Est-ce vous qui les avez inventées ?

Mlle GIGOT.

Je me suis bornée à les perfectionner, et j'ai obtenu une
médaille à l'Exposition des produits de l'industrie.

GOBETOUT.

Je vous en fais mon compliment ; vous êtes une de nos ac-
tualités les plus célèbres !

Mlle GIGOT.

Voyez, Monsieur, comme je les ai augmentées ! ce sont des
espèces de ballons ! Je les ai poussées aussi loin que cela pouvait se faire.

GOBETOUT.

Air de *Voltaire chez Ninon.*

Vraiment, cela vous fait un bras
Dont on n'aperçoit plus la forme !
Et l'on ne devinerait pas
Quelle est cette machine énorme.

Mlle GIGOT.

Cela cache bien des défauts,
Quand chez nous l'embonpoint domine ;
Et plus les bras paraissent gros,
Et plus la taille paraît fine.

GOBETOUT.

C'est fort joli, mais un peu gênant dans les omnibus.

Mlle GIGOT.

Ça les chiffonne un peu.

ROUGET.

On les repasse.

GOBETOUT.

Et à table !.. Rien ne gêne pour manger comme les gigots.

Mlle GIGOT.

Ceux-ci sont perfectionnés. Ce sont des gigots faits en conscience.

GOBETOUT.

Qu'entendez-vous par là : En conscience ?

Mlle GIGOT.

C'est-à-dire, qu'ils sont élastiques.

GOBETOUT.

Ah ! oui, ils se prêtent à la circonstance.

Mlle GIGOT.

J'ai lu vos annonces, et j'ai pensé que rien ne pouvait porter la civilisation plus vite dans un pays, que de jolies femmes.

Air du Baiser au porteur, ou : Vaudeville de madame Gibou et madame Pochet.

Ce sont des modes ambulantes !
Considérez ces robes-là :
On voit, sur ces tailles charmantes,
L'effet que cela produira.
Par des grâces toujours nouvelles,
Nous autr's Françaises, nous brillons.

GOBETOUT.

Et vous emmenez ces d'moiselles,
Pour qu'ell's servent d'échantillons.

Mlle GIGOT.

Je ne me bornerai point à la fabrication des robes : je prétends confectionner les corsets, établir la lingerie, m'étendre dans toute espèce de modes et de nouveautés ; en un mot, faire de mon entreprise une Encyclopédie des gens du monde, un vrai Magasin pittoresque.

3

GOBETOUT.

J'adopte avec transport ce projet colossal !

Mlle GIGOT.

Je vois avec plaisir que vous donnez dedans.

GOBETOUT.

Tête baissée.

Mlle GIGOT.

Parlons maintenant de nos petits intérêts.

GOBETOUT.

Avez vous fait un devis approximatif ?

Mlle GIGOT.

Nous avons d'abord le personnel.

GOBETOUT.

Est-il nombreux ?

Mlle GIGOT.

D'abord, moi, ma mère, mes deux sœurs, mes trois niè-
ces, m s quatre cousines, ces six demoiselles ; leurs tantes,
pour les mœurs, et la fille de ma portière, par humanité.

GOBETOUT.

Voilà un régiment de femmes.

ROUGET.

Not' maître, si on en envoyait un comme ça contre les Bédouins !

Mlle GIGOT.

Ça ne les ferait pas reculer. Mais nous les attendrions de
pied ferme.

GOBETOUT.

Vous êtes des héroïnes ! Nous allons marcher un train du
diable.

Mlle GIGOT.

Il s'agit maintenant des avances... Nous disons cent louis
pour le passage.

GOBETOUT.

Passons.

Mlle GIGOT.

Mille écus pour les premiers frais d'établissement.

GOBETOUT.

C'est bien.

Mlle GIGOT.

Le loyer, le luminaire, les comptoirs d'acajou, les dorures,
les glaces, et les courses en omnibus...

GOBETOUT.

Il n'y a pas encore d'omnibus, à Alger.

ROUGET.

Si ces dames y vont, il y aura des dames-blanches.

Mlle GIGOT.

Total : six mille francs.

Elle tend la main.

GOBETOUT.

Voilà l'engagement que nous signons double.

Mlle GIGOT, *signant.*

Signé : Gigot, avec patarafe !

CHOEUR.

Allons, quittons Paris,
Séjour des jeux, des ris, etc.

Elles sortent.

SCENE VII.

ROUGET, GOBETOUT, OMASIS, *costume égyptien.*
Ensuite deux NÈGRES *traînant un obélisque.*

ROUGET.

Notre maître, v'là un Monsieur qui a l'air d'une momie.

GOBETOUT.

Fais entrer.

OMASIS.

Air *de l'Espionne*

Je me nomme Omasis,
Je suis le fils
D'Ophis.
Ma patrie est l'Egypte.
Mon grand-père Osiris
Et ma grand'-mère Isis,
Sont au fond d'une crypte.

GOBETOUT.

Voilà des noms qui me paraissent fort étranges.

OMASIS.

C'est qu'ils sont étrangers.

GOBETOUT.

Et vous arrivez d'Egypte ?

OMASIS.

Dans un fiacre du *Delta.*

GOBETOUT.

Et vous apportez...

OMASIS.

Un obélisque. — Esclaves, avancez l'obélisque !

GOBETOUT.

C'est cette machine pointue?

OMASIS.

Que l'on nomme vulgairement une aiguille.

ROUGET.

Où donc, une aiguille?

GOBETOUT.

Elle te crève les yeux.

OMASIS.

C'est l'aiguille de Cléopâtre.

ROUGET.

Si elle tricotait avec, je lui souhaite bien du plaisir.

GOBETOUT, *riant*.

Elle n'est pas aussi fine que les aiguilles anglaises.

ROUGET.

Pardonnez à mon extrême désir de m'instruire; où que ça se fabrique-t-y?

OMASIS.

Ce monument gigantesque vient du village de Louqsor, près de Thèbes, la ville aux cent portes.

GOBETOUT.

Si elle a des fenêtres en proportion des portes, elle doit payer de fameuses impositions.

OMASIS.

J'ai appris que vous vouliez fonder, à Alger, un établissement politique, commercial et industriel.

GOBETOUT.

Non : purement commercial.

OMASIS.

Oh! la littérature d'aujourd'hui n'est guères qu'un commerce. Je vous offre mon obélisque, dont vous pourrez tirer parti en le vendant pour quelque place publique.

GOBETOUT.

Croyez-vous que ça fera bon effet?

OMASIS.

Il faut essayer. Voyez... il est aussi bien là que sur la place de... comment la nommez-vous?

ROUGET.

Air *du Verre*.

C'est la place Louis quinze.

GOBETOUT.

Non,
C'est la place de Louis seize.

ROUGET.

Non ; cell' de la Révolution.

GOBETOUT.

De la Concorde, n' vous déplaise.

OMASIS.

Elle a des noms de tout's façons.

GOBETOUT.

Pourquoi n' voulez-vous pas qu' ça s' fasse ?
Les plac's peuv'nt bien changer de noms,
Quand tant de noms changent de place.

OMASIS.

Voyez le joli effet que cela produit.

ROUGET.

Qu'est-ce donc que tous ces bonhommes qu'il y a dessus ?

OMASIS.

Ce sont des hiéroglyphes. Cet homme assis en-haut, c'est
le symbole de la puissance... il est entouré de serpents et de
canards : ce sont les intrigans et les niais; je n'ai pas besoin
de vous dire que les canards sont les imbéciles.

GOBETOUT.

Et cet autre tableau ?

OMASIS.

Ça s'appelle un Cartouche.

ROUGET.

Tiens, il y a des cartouches en Egypte? c'est comme chez
nous.

OMASIS.

Voilà le bœuf Apis, qui est un dieu.

ROUGET.

En fait-on des biftecks ?

OMASIS.

A côté, le dieu Chat et le dieu Rat. Chez nous, on adore
des bêtes.

ROUGET.

Not' maître, nous devrions y aller.

GOBETOUT.

Saus être trop curieux, quelle est la matière de votre obélisque ?

OMASIS.

C'est du granit : on bâtit avec ça des édifices qui durent
vingt siècles.

ROUGET.

Et des trottoirs.

GOBETOUT.

Monsieur, dans votre pays, je me suis laissé dire que vous aviez des pyramides : qu'est-ce que c'est, s'il vous plaît?

OMASIS.

Air *des Gendarmes*.

Apprenez que ces pyramides
Qu'on ne saurait admirer trop,
Sont des édifices splendides
Larges en bas, pointus en haut.

GOBETOUT.

C'est ainsi que l'on voit, en France,
Nos homm's d'état fair' des projets
Dont la base paraît immense,
Et dont le bout n' se voit jamais.

ROUGET.

Monsieur, avec la permission de notre maître, pardonnez à mon extrême désir de m'instruire : il paraît qu'il y a de bien belles campagnes, dans ce pays-là; j'entends toujours parler des campagnes d'Egypte.

OMASIS.

Ces campagnes seront immortelles, et c'est sans doute par souvenir qu'on a rapporté, en France, cet obélisque égyptien.

GOBETOUT.

Cet imbécile ne sait pas l'histoire. Les campagnes d'Egypte, c'est Napoléon qui les a faites.

ROUGET.

C'est-y pour ça qu'on vient de le remettre à la place Vendôme?

OMASIS.

Air *d'une Heure de folie*.

Napoléon est placé comme il faut
Au faîte de votre colonne;
On ne peut élever trop haut
Celui que la gloire environne.
Prenant d'avance un plus sublime essor,
Avec ses soldats intrépides,
Il avait mis son nom plus haut encor,
Sur le sommet des pyramides.

GOBETOUT.

Allons, Monsieur, je prends votre obélisque; vous vous chargerez des moyens de transport.

OMASIS.

Monsieur, c'est une fameuse charge : mais nos ingénieurs

ont trouvé les moyens les plus ingénieux, et ça ne pèsera pas une once.

GOBETOUT.

Nous signons le petit compromis.

OMASIS.

Dix mille francs pour mon obélisque, et la main de votre fille par-dessus le marché.

GOBETOUT, *enchanté.*

Ce n'est pas trop !

OMASIS.

Adieu ! que le bœuf Apis vous protége.

Il sort en chantant :

Je me nomme Omasis, etc.

SCENE VIII.

GOBETOUT, ROUGET, LA BRINVILLIERS, *dans le costume du cinquième acte, en blanc, la corde au cou, un flambeau à la main.*

Coup de tam-tam.

ROUGET, *accourant.*

Ah ! la la ! not' maître ! Au secours ! voilà un revenant.

GOBETOUT, *riant.*

Un revenant ! est-ce que tu crois à ces bêtises-là ! (*Apercevant la Brinvilliers.*) Ah ! au secours ! c'est un fantôme !

LA BRINVILLIERS.

Comment donc ! est-ce que je vous fais peur ?

ROUGET.

Elle parle comme un être de l'autre monde.

LA BRINVILLIERS.

Levez-vous, et regardez-moi.

GOBETOUT.

Je n'ose pas.

LA BRINVILLIERS.

Je suis une femme.

GOBETOUT.

Vous n'en avez pas l'air.

ROUGET.

Elle ressemble à une furie.

LA BRINVILLIERS.

Vous vous trompez, mes enfans.

Air *de la Légère.*

Je suis bonne,

Je suis bonne,
Et cependant j'empoisonne ;
Je suis bonne,
J'empoisonne,
Mais j' n'ai pas d' penchans
Méchans.

Mon frèr' me gênait un peu,
J' donne un bouillon à mon frère ;
Je donne un' soupe à ma mère,
Un potage à mon neveu.

GOBETOUT.

Mais toute votre famille
A la longue y passera,
Jusqu'à Mad'moisell' votr' fille.

LA BRINVILLIERS.

Non ! j' suis trop bonn' mèr' pour ça.

Je suis bonne, etc.

GOBETOUT.

Enfin, Madame, dites-moi donc qui vous êtes.

LA BRINVILLIERS.

La Marquise de Brinvilliers, femme extrêmement aimable !
demeurant près de la Porte Saint-Martin, et qui vient d'avoir
le petit désagrément d'être condamnée à être brûlée vive pour
avoir procuré quelques coliques à des gens qui me contra-
riaient.

Air : *Je n'ai pas vu ces bosquets de lauriers.*

Un jour, je donnais un dîné
A certain marchand de Pontoise ;
V'là que c' Mossieu se trouve empoisonné,
V'là qu' la justic' veut m' chercher noise,
V'là qu'on veut m' juger sans pitié,
Moi, j' dis : Croyez à mes paroles :
Le vert-de-gris a trahi l'amitié,
Ma cuisinière a peut-être oublié
De faire étamer ses cass'roles.

GOBETOUT.

Mauvaise distraction !

LA BRINVILLIERS.

Concevez-vous, Monsieur, qu'on condamne une femme pour
des bagatelles semblables ?

GOBETOUT.

Bagatelles !

LA BRINVILLIERS.

Heureuseme t que le Jury a trouvé des circonstances atténuantes, et qu'au lieu de me brûler, on m'exile; alors, je viens vous prier de m'emmener avec vous à Alger; nous y vivrons en famille, nous ferons cuisine ensemble.

GOBETOUT.

Non, s'il vous plaît.

LA BRINVILLIERS.

Pourquoi pas? Nous mangerons des coquilles aux champignons.

GOBETOUT.

Pas de champignons.

LA BRINVILLIERS.

Nous établirons, à Alger, un théâtre moral; le théâtre est l'école des mœurs. J'y jouerai les rôles de grandes criminelles, les assassineuses, les empoisonneuses.

GOBETOUT.

L'idée est heureuse.

LA BRINVILLIERS.

Le tout pour l'instruction et l'édification du public.

ROUGET, au fond.

.. Not' maître, v'là plusieurs individus qui demandet. dame... Madame Brin... bringrillé.

LA BRINVILLIERS.

Cachez-moi.

SCÈNE IX.

LES MÊMES, LE PROCUREUR DU ROI, quatre CAPUCINS, deux SOLDATS.

ENTRÉE, air : Père capucin, confessez ma femme.

LE PROCUREUR.

Nous venons vous chercher, Madame, pour vous conduire...

LA BRINVILLIERS.

Où?

LE PROCUREUR.

A Charenton, où se traitent toutes les monomanies. Vous avez celle du crime, et on espère, avec des bains, du petit-lait, des saignées, adoucir l'âcreté de vos humeurs, et surtout votre goût pour les poisons.

LA BRINVILLIERS.

Eh! Monsieur, je ne suis pas la seule qui empoisonne.

GOBETOUT.

C'est vrai.

4

Air : *Vaudeville de la Petite Gouvernante.*

Nous connaissons le poison de l'envie !
La flatterie est de même un poison ;
C'est un poison que cette calomnie
Que, de nos jours, on répand à foison.
Un mauvais livre, une mauvaise pièce,
　N'en déplaise à nos raisonneurs,
Sont des poisons qu'on donne à la jeunesse...
Et nous n'avons que trop d'empoisonneurs.

On l'emmène en cérémonie, sur l'air : *Père capucin*

SCENE X.

LES MÊMES, DESCONCERTS, *caricature de Dilettante.*

DESCONCERTS, *arrive en chantant.*

Air : *Di tanti palpiti.*

« A tous les cœurs bien nés que la patrie est chère !

C'est pour cela, Monsieur, que je viens vous prier de me conduire à Alger.

GOBETOUT.

Vous êtes donc Algérien ?...

DESCONCERTS.

Non, Monsieur, je suis musicien, et je me nomme Desconcerts.

GOBETOUT.

Soyez le bien venu : j'aime beaucoup la musique.

DESCONCERTS.

Vous avez raison... l'époque est musicale, et j'espère bien que la musique va enfoncer la littérature, la peinture, la sculpture, l'architecture, la lecture et l'écriture.

GOBETOUT.

En êtes-vous bien sûr?

DESCONCERTS.

Ne voyez-vous pas l'essor que prend la musique? Anciennement elle se renfermait dans l'étroite enceinte d'une salle de spectacle, de concert ; maintenant la musique court les rues, s'étend sur les places publiques, déborde sur les quais, inonde les boulevards, et retombe en cascade dans les Champs-Élysées.

GOBETOUT.

Mais c'est pire qu'un déluge !

DESCONCERTS.

J'espère qu'il deviendra universel.

GOBETOUT.

Un musicien me charme, d'autant plus que mon intention est
d'implanter tous les arts dans ma colonie, et d'emmener avec
moi des auteurs, des acteurs, des danseurs...

DESCONCERTS.

Je vous arrête, à quoi bon tous ces gens-là... la musique
aujourd'hui remplace tout.

GOBETOUT.

Pourtant Monsieur, la comédie...

DESCONCERTS.

Il est bien question de la comédie !

GOBETOUT.

La tragédie...

DESCONCERTS.

On la chante.

GOBETOUT.

L'opéra-comique...

DESCONCERTS.

Ah ! on ne le chante pas, c'est différent.

Air : *Une robe légère.*

Une pièce légère
D'une entièr' nullité,
Sans trait, sans caractère,
Sans esprit, sans gaîté :
A l'Opéra-Comique
On en est enchanté,
Et toujours la musique
Embellit les paroles.

GOBETOUT.

Bravo !.. je suis un peu de votre avis, cependant je suis allé
voir Ali-Baba, ça ne m'a pas fait cet effet-là... j'ai trouvé que
la musique n'embellissait pas...

DESCONCERTS.

Quest-ce que vous voulez ! des voleurs, des turcs, des balles
de café.

GOBETOUT.

Air de l'*Anonyme.*

On a donné la *Lampe Merveilleuse*,
Elle charmait et l'oreille et les yeux ;
D'*Ali-Baba* la chanc' fut moins heureuse,
Et le succès n'en fut pas merveilleux.

A l'Opéra, quoiqu' ça n' soit pas l'usage,
Derrière moi je crois qu'on a sifflé :
Quarante volenrs, çan' fait pas un ouvrage,
Et j'ai trouvé qu'ils n' l'avaient pas volé.

Le lendemain pour me consoler, j'ai mené Madame Gobetout revoir le Pré aux Clercs.

DESCONCERTS.

Ah! vous y êtes retourné ?.. vous avez fait comme tout Paris.

GOBETOUT

Cet auteur-là n'en fera plus ! c'est bien malheureux

DESCONCERTS.

Air : *Souvenir du jeune âge.* (Pré aux Clercs.)

Ah! quel triste partage :
Les veilles, les travaux
Consument avant l'âge
Les talens les plus beaux !
Cet ouvrage est bien digne
De charmer, d'attendrir...
C'était le chant du cygne,
Hérold allait mourir.

GOBETOUT.

Ah ! ça M. Desconcerts, il faudra que je fasse construire pour votre musique une salle à Alger ; c'est que ça me coûtera cher.

DESCONCERTS.

Une salle !..

GOBETOUT.

Oui, dans toutes les règles de l'acoustique, afin que les instrumens résonnent ..

DESCONCERTS.

Vous déraisonnez !.. plus de salles de concerts, plus de salles de spectacles, plus de constructions, plus d'architectes ! tout en plein air.

GOBETOUT.

Comment, Monsieur, vous voulez qu'on chante en plein champ ?

DESCONCERTS.

Pourquoi pas, Monsieur ! on y fait bien autre chose.

GOBETOUT.

Qu'est-ce qu'on y fait donc ?

DESCONCERTS.

Tout !..

GOBETOUT.

Tout ?..

DESCONCERTS.

Tout, tout.

GOBETOUT.

Chien !..

Air du vaudeville des *Deux Duègnes*.

Grâce aux libertés publiques,
Si ça continue on va
Fermer toutes les boutiques,
Et vous d'vez comprendre ça :
A Paris à c't' heure on vend
Tout c' que l'on veut en plein vent;
C'est l' moyen de n' pas payer
D' contributions, ni d' loyer.
Sur les quais, quand on circule,
On craint, à chaqu' pas qu'on fait,
De marcher sur un' pendule,
Ou d'entrer dans un buffet.
En plein vent des chapeliers,
En plein vent des cordonniers,
En plein vent des bonnetiers,
En plein vent des bijoutiers.
On ne fait pas une course
Sans trouver de toute part
Des Rossini d'vant la Bourse,
Des Malibran sur l' boulevart;
On lit l' journal en plein air,
Pour un sou, c' qui n'est pas cher;
Quoiqu' ça n' soit qu'un faible impôt,
C'est quelqu' fois plus que ça n' vaut.
En plein vent mon œil découvre
Des tableaux petits et grands;
J'en vois, sur la plac' du Louvre,
Qui val'nt mieux qu' ceux qu'on met d'dans.
Devant madame Saqui,
Au peuple on vend aujourd'hui,
Une glace pour deux sous.
Tout est sens dessus dessous.
Pour renverser un empire,
On s' cachait anciennement;
Maintenant quand on conspire,
Cela se fait en plein vent.
En plein vent de bons acteurs,
En plein vent de bons chanteurs,
En plein vent de grands sauteurs

Et de petits orateurs.
Nous roulons dans un abîme ;
Grand dieu ! quel bouleversement !
N'y avait, sons l'ancien régime,
Qu' les abricots en plein vent.

GOBETOUT.

Vous me décidez, voila le petit traité.

DESCONCERTS.

Je signe aveuglément : mais outre la mise de fonds, sachez
que mon amour réclame la main de votre fille.

GOBETOUT.

Comment, Monsieur, vous étiez amoureux ?

DESCONCERTS.

Tous les musiciens le sont , Monsieur.

GOBETOUT.

Je ne veux pas manquer une si belle occasion.

DESCONCERTS.

A propos, Monsieur, vous savez que j'entreprends aussi les
charivaris : j'en donne peu dans la Capitale ; mais je fais beaucoup d'envois en province.

GOBETOUT.

Air *de Turenne.*

C'est une drôle de musique ,
Et qui fait de fiers carillons,
Lorsque sur la place publique
On entend cass'roles , chaudrons,
Et des poêles et des poêlons.

DESCONCERTS.

Il nous est bien permis de rire ,
Nous autres pauvres gouvernés,
Et de jeter la poêle au nez
D' ceux qui voudraient nous faire frire.   (*Il sort.*)

SCENE XI.

GOBETOUT, ROUGET , COLIN TAMPON,
gilet, tablier noir, bonnet de papier.

TAMPON, *à Rouget.*

Ah ! hai ! ah ! hai ! veut-tu me laisser passer, toi ! est-ce que
t'es de la police pour m'obstruer la voie publique !

ROUGET.

Non, mais je vous empêcherai bien d'entrer.

TAMPON.

Toi! prends garde! quand on me barre, je tape sur la boussole. (*Il lui donne une croc-en-jam be et le renverse.*) Quand même que je devrais passer à la corrétionnelle!

GOBETOUT.

Qu'est-ce qu'il y a donc?

ROUGET, *se relevant.*

C'est un homme du peuple.

TAMPON.

Oui, un homme du peuple! un ouvrier, un prolétaire! Après!..

GOBETOUT.

Qu'est-ce que vous demandez, mon cher?..

TAMPON.

Son cher! est-ce que je vous ai coûté queq'chose? est-ce que vous payez mes contributions pour moi?.. jamais! j'ai la quittance de ma personnelle... Pour ma mobilière, bonsoir, elle est sur la place du Châtelet, ma mobilière...

GOBETOUT.

Enfin que voulez-vous?

TAMPON.

Voyager, mon ancien. On dit que vous faites une conscription de bons enfans. Je suis bon là.

GOBETOUT.

Avez vous une industrie à exporter?

TAMPON.

Oui, je suis industriel, j'exerce l'industrie du tampon, et je tape ferme. (*Il donne une tape à Rouget.*) N'est-ce pas fanfan?..

ROUGET.

Je ne peux pas dire le contraire.

GOBETOUT.

Mais que tapez-vous?..

TAMPON.

La presse, mon ancien... Je noircis le caractère, et je récidive sous la mécanique. Mon casque de papier ne vous indique pas la profession? vous êtes donc bien cornichon!

GOBETOUT.

Vous m'avez l'air d'un rieur!

TAMPON.

Rieur à mort. L'imprimeur est folâtre et volage: mais la philosophie est son Dieu. Quand on a tamponné Voltaire et Rousseau, l'on est au-dessus de tout ce qu'on peut dire.

GOBETOUT.

C'étaient deux grands hommes!

TAMPON.

Deux fameux lapins : ils ont broyé du noir ces deux cadets-là, et moi aussi. Je ne connais que deux grands hommes : Voltaire et Rousseau et le grand Napoléon qui n'était pas faignant non plus. O immense Napoléon ! gigantesque homme ! Reçois du haut de la colonne de la place Vendôme, l'hommage d'un petit tamponneur de la place du Caire.

Air : *Et des devoirs de la chevalerie.*

Y en a pourtant qui critiqu'nt ta statue,
Y en a qui tienn'nt des propos sur tes bras ;
Y en a qui trouv'nt ta figur' trop pointue,
Est-c' que je sais ce qu'on dit, c' qu'on n' dit pas :
Y en a qui dis'nt qu'on fut trop économe,
Et qu' ton habit d'vrait êtr' plus étoffé ;
Mais ton chapeau, ton p'tit chapeau, grand homme,
Tu peux t' vanter qu' tout l' monde en est coiffé.

GOBETOUT.

Vous êtes imprimeur ? c'est mon affaire. La presse est une puissance, et j'espère bien qu'elle contribuera puissamment à civiliser les Bédouins aussitôt qu'ils sauront lire.

TAMPON.

Faudra faire des journaux par là. Moi j'ai fonctionné dans les journaux : c'est amusant, parce qu'on travaille la nuit et qu'on a toute la journée pour s'amuser.

ROUGET.

Et quand dort-on ?..

TAMPON.

Est-ce qu'on dort ! n'y a que des imbécilles qui dort ! Le français vigilant doit toujours veiller.

Air *connu.*

Veillons au salut de l'empire,
Veillons au maintien de nos droits ;
Veillons pour manger, boire et rire,
Veillons pour défendre nos lois.
Liberté ! liberté !
Que tout mortel te rende hommage ;
Liberté ! liberté !
L'on est heureux lorsque l'on t'a,
Avec du pain et du fromage...
C'est la devise d'un Français !

GOBETOUT.

À quel journal travaillez-vous ?

TAMPON.

À la Tribune !

GOBETOUT.

Alors je vois votre opinion !

TAMPON.

Et à la Quotidienne !..

GOBETOUT.

Il paraît que vous avez changé !

TAMPON.

Ensuite au National !

GOBETOUT.

C'est différent.

TAMPON.

Après ça à la Gazette.

GOBETOUT.

C'est singulier.

TAMPON.

Et puis aux Débats.

GOBETOUT.

Bah !

TAMPON.

Qu'est-ce qui vous étonne donc, mon brave paroissien ?

GOBETOUT.

C'est que j'ai de la peine à m'expliquer votre tendance...

TAMPON.

De quoi? qu'est-ce qu'est *en danse?*

GOBETOUT.

Je veux dire votre parti... êtes-vous républicain ?

TAMPON.

Jamais.

GOBETOUT.

Carliste ?

TAMPON.

Je sors d'en prendre.

GOBETOUT.

Vous êtes donc Bonapartiste ?

TAMPON.

Au contraire !

GOBETOUT.

Libéral ?

TAMPON.

Pas mal !

GOBETOUT.

De quel parti êtes-vous donc ?

TAMPON.

Du cinquième.

GOBETOUT, *surpris.*

Ah ! ah ! qu'est-ce que c'est donc que le cinquième parti ?

TAMPON.

Le cinquième parti, c'est celui qui se f.... flatte des quatre autres. Ah ! hai ! enfoncé l'ancien !

GOBETOUT, *fâché.*

Expliquez-moi donc qu'elle est votre opinion...

TAMPON.

C'est l'opinion du peuple ! qui est de voir aller l'ouvrage, de travailler pour amasser des *balles*, et de se reposer le dimanche en prenant permission de ne rien faire le lundi.

GOBETOUT.

Je vois que nous pouvons nous arranger ; nous partirons donc pour Alger ?

TAMPON.

Et nous boirons un canon, voyez-vous, les canons, vaut mieux les boire que de les tirer ; si ça casse la tête, on fait un somme dans un fossé, et il n'y parait plus.

GOBETOUT.

C'est bien, nous établirons un journal, deux journaux...

TAMPON, *enthousiasmé.*

Trente journal comme à Paris.

GOBETOUT.

Un moment, et qui est-ce qui les rédigerait ?

TAMPON.

Ne vous embarassez-donc pas !

Air : *La nature.*

D'pis que'qu' temps tout fait des progrès,
L'on voit que tout se perfectionne, (*bis*)
Puisqu'un journal se confectionne
Avec un' machin' faite exprès.
L' mêm' procédé s'applique
A tout c' que l'on voudra,
Et dans peu l'on fera
Des rédacteurs à la
Mécanique.

GOBETOUT.

Lisez l'engagement.

TAMPON.

Je ne sais pas lire.

GOBETOUT.

Alors signez-le.

TAMPON.

Je ne sais pas écrire; mais si une croix peut vous être agréable...

GOBETOUT.

Une croix n'est pas de refus.

TAMPON.

Voilà la croix demandée. Ah! ça brave guerrier, si vous me transportez à Alger, je vous prierai de mettre mon épouse sur la feuille de route.

GOBETOUT.

Vous êtes marié ?..

TAMPON.

Beaucoup. Aimant la femme au-delà de toute expression, j'ai fait choix d'une amie dans les brocheuses. Cette brocheuse m'a rendu père, à deux fois ! Il faut soigner la mère et le moutard, cher moutard !.. il n'a pas six ans et il vide son polichinelle comme un petit homme. Il est sensible, et il a des reparties plus espirituelles que les unes que les autres. Quand je lui dis Tampon m'aimes-tu ?.. il me repond tu m'embêtes... ô nature...

GOBETOUT.

Tout est convenu, nous partons pour l'Afrique.

TAMPON.

Je vous suis.

GOBETOUT.

A demain le départ !

TAMPON.

Et nous partirons gaîment.

Il s'en va en fredonnant.

En avant, marchons
Contre leurs canons...

SCÈNE XII.

GOBETOUT, *ensuite* Mme GOBETOUT,
TÉLÉGRAPHE, *manteau, chapeau rabattu.*

Télégraphe entre mystérieusement derrière M. Gobetout. Il pose sur une chaise des lanternes de papier attachées au bout de deux bâtons.

GOBETOUT, *sans le voir.*

Ah ! quelle journée.... j'ai reçu des personnes bien intéressantes; mais comme voilà la nuit, et que M. Ducrayon m'avait menacé de s'introduire chez moi, déjouons ses projets et comme il pourrait me jouer un tour, fermons la porte à deux.

Il ferme la grille et prend la clef.

MME GOBETOUT, *à la croisée.*

Monsieur Gobetout!

GOBETOUT.

De quoi s'agit-il?

MME GOBETOUT.

Vous ne voyez pas que j'ai mon bonnet de nuit.

GOBETOUT.

Et bien après?

MME GOBETOUT.

Quand une femme a son bonnet de nuit, on sait bien ce que ça veut dire.

GOBETOUT.

Tu es bien pressée.

MME GOBETOUT.

Venez tout de suite...   (*Elle se retire.*)

GOBETOUT.

Cette femme-là est d'un despotisme pour la chambre à coucher...

TÉLÉGRAPHE, *à mi-voix.*

Monsieur, pardon!..

GOBETOUT, *effrayé.*

Ah! Monsieur, vous m'avez fait une peur!..

TÉLÉGRAPHE.

Je viens..

GOBETOUT.

Je n'attendais plus personne, il fait nuit...

TÉLÉGRAPHE.

Et moi, Monsieur, j'attendais la nuit pour venir.

GOBETOUT.

Qu'est ce que vous êtes donc Monsieur?

TÉLÉGRAPHE.

Je suis noctambule... c'est-à-dire, je marche la nuit... avec une lanterne.

GOBETOUT.

Comme les chiffonniers!.

TÉLÉGRAPHE.

Comme vous voudrez.., je suis l'auteur d'une invention lumineuse.

GOBETOUT.

Vous êtes dans le gaz?..

TÉLÉGRAPHE.

Non...

GOBETOUT.

Dans les illuminations !

TÉLÉGRAPHE.

Non. Je me nomme *Télégraphe.*

GOBETOUT.

Télégraphe ?

TÉLÉGRAPHE.

De nuit.

GOBETOUT.

Expliquez-vous.

TÉLÉGRAPHE.

Air *du vaud. de la Somnambule.*

Du télégraphe on admirait en France
Le mécanisme ingénieux.
Cet art est encor dans l'enfance ;
Car le jour seul il peut frapper nos yeux.
Nous allons plus loin que nos pères ,
Et nous pensons , quand la liberté luit ,
Que , dans le siècle des lumières ,
On doit voir clair, même la nuit.

GOBETOUT.

Alors , c'est donc un perfectionnement.

TÉLÉGRAPHE.

J'espère bien en obtenir le brevet.

GOBETOUT.

Monsieur. depuis quarante ans que j'ai vu planter le premier
télégraphe, il m'a toujours trotté dans la tête.

Air de *Julie.*

A Montmartre je me promène ,
Et je le vois remuer ses grands bras.
Il monte, il descend , se démène ;
Je le regarde et ne le comprends pas.
C'est un instrument diabolique,
Et sans franchise , et sans clarté.

TÉLÉGRAPHE.

Aussi ne l'a-t-on inventé
Que pour servir en politique.

GOBETOUT.

Le vôtre est-il aussi un télégraphe politique?

TÉLÉGRAPHE.

Mon intention est de le faire servir à la correspondance particulière, au commerce, aux affaires ; nos télégraphes feront à Alger le plus joli effet du monde.

GOBETOUT.

Je serais bien curieux de voir un essai de cette invention.

TÉLÉGRAPHE.

Il ne tient qu'à vous, voila mes lanternes. (*Il lui donne un bâton où il y en a deux.*) Mais il faudrait quelqu'un pour répondre à vos signes.

GOBETOUT.

Rouget serait-il bon pour cela ?

TÉLÉGRAPHE.

Aussi bon qu'un autre.

GOBETOUT, *appelant.*

Rouget !..

SCENE XIII.

Les Mêmes, ROUGET.

ROUGET , *accourant, un balai à la main.*

Me voilà.

GOBETOUT.

Tu vas faire le télégraphe. (*A Télégraphe.*) Où faut-il qu'il se mette ?

TÉLÉGRAPHE.

Là, dehors, sur cette butte, c'est censé la butte Montmartre.

ROUGET.

Où il y des ânes... j'y trotte ; mais notre maître je ne peux pas sortir : la porte est fermée.

GOBETOUT,

Ah ! oui, je l'avais fermée pour empêcher d'entrer un jeune homme entreprenant !.. un amoureux... Rouget prends la clef dans ma poche.

ROUGET.

Je la tiens.

TÉLÉGRAPHE, *lui donnant un bâton aux deux bouts duquel sont des lanternes.*

Prends ces lanternes, et fait la même chose que ton maitre.

ROUGET.

C'est que j'ai les mains embarassées, mettez dans ma bouche.

Il prend le bâton dans ses dents , ouvre la grille et sort.

TÉLÉGRAPHE, *à part.*

Bon, voilà la porte ouverte.

SCENE XIV.

LES MÊMES, DELPHINE.

DELPHINE, *à la fenêtre.*

Qu'est-ce que c'est donc que ces lumières dans notre jardin?

GOBETOUT.

Expliquez-moi votre procédé.

TÉLÉGRAPHE, *le plaçant sur une chaise au milieu du théâtre*

Montez sur cette chaise... bien... je veux faire savoir à une personne, que je suis ici... je pose ainsi mon télégraphe, mettez la lanterne devant ma figure.

DELPHINE, *à la croisée.*

Que vois-je ? c'est lui.

GOBETOUT.

Après ?

TÉLÉGRAPHE.

Descendez votre bras gauche, (*Elevant la voix.*) Descendez... descendez...

> Rouget qu'on voit par dessus le mur du fond, imite, avec ses lanternes, tout ce qu'il voit faire à son maître.

DELPHINE, *à la croisée.*

J'entends.

> L'orchestre joue en sourdine l'air du muletier.

GOBETOUT.

Qu'est-ce que cela signifie ?

TÉLÉGRAPHE.

Celui qui fait aller le télégraphe ne doit jamais savoir ce qu'il fait.

GOBETOUT.

C'est singulier.

TÉLÉGRAPHE.

Tournez le dos... levez les deux bras en l'air... bien ainsi... cela veut dire... j'attends les nouvelles... restez comme cela.

> Delphine sort, Armantine vient au-devant d'elle. Ils partent tous les trois.

SCENE XVI.

GOBETOUT, Mᵐᵉ GOBETOUT, ROUGET, *en dehors, vu par-dessus le mur.*

Mᵐᵉ GOBETOUT, *dans la maison.*

M. Gobetout ! qu'est-ce que vous faites donc là ?

GOBETOUT , *les bras en l'air.*

Ne me dérange pas. je fais le télégraphe de nuit.

Mme GOBETOUT.

Venez donc dans votre lit.

GOBETOUT.

Laisse-moi donc : je suis dans la position d'attendre des nouvelles.

Mme GOBETOUT.

Attendez-moi , je vais vous en donner , moi.

ROUGET , *criant.*

Not' maître , je suis dans la même position que vous !

GOBETOUT.

Tu attends aussi les nouvelles ?

ROUGET.

Il me semble que je vois passer mamselle vot' fille.

Il disparaît.

GOBETOUT.

Imbécile, ma fille est avec sa mère... N'est-ce pas , madame Gobetout ?

Mme GOBETOUT, *qui est entrée.*

Qu'est-ce que vous dites ? Est-ce qu'elle n'est pas avec vous ?

ROUGET , *arrivant.*

Not' maître , c'était bien elle ; v'là une lettre qu'elle m'a remise en passant, pour vous. Lisez-là , je vais vous éclairer avec mon télégraphe.

GOBETOUT.

Ma femme, tiens mes lanternes. *(Il lit.)* « Mon cher père, vous me retrouverez sur votre vaisseau, avec tous les maris auxquels vous avez promis ma main. » *(S'écriant.)* Dieu ! ma fille serait une polygame ! Courons ! courons à mon vaisseau ! qu'il ne parte pas sans moi ! et tous mes colons !..

Madame Gobetout et Rouget le suivent en courant.
—Le théâtre change. On voit au fond le quai d'Orsay et le vaisseau.

SCENE XVI ET DERNIÈRE.

TOUS LES PERSONNAGES , BOURGEOIS *et* BOURGEOISES *sur le quai.*

CHOEUR.

Air *du Hussard de Felsheim.*

Parisiens, voyez sur Seine
Ce beau vaisseau, ses voiles et ses mats ;
Si son départ vous f'sait d' la peine,
N'ayez pas peur, il ne partira pas.

GOBETOUT, *accourant, suivi de sa femme et de Rouget.*

Ah! voilà ma fille! que fais-tu là, Delphine?

AUGUSTE.

Elle y est avec moi, Monsieur.

ARMANTINE.

Et avec moi.

GOBETOUT.

De quel droit?

AUGUSTE.

Vous me l'avez donnée quatre fois.

GOBETOUT.

C'est faux, Monsieur!

AUGUSTE.

Voilà vos signatures. Où en seriez-vous, si vous aviez signé ces engagemens à tout autre qu'à moi?

GOBETOUT.

Ah ça, je suis donc?..

MADAME GOBETOUT.

Un imbécile, mon mari.

ROUGET.

Mais oui, not' maître!

ARMANTINE.

Sans doute.

MADAME GOBÉTOUT.

Tout cela s'est fait de mon consentement.

TAMPON.

Voilà aussi mon engagement, papa Gobetout.

Il chante :

En avant, marchons!

GOBETOUT.

Et qu'est-ce que je vais faire de mon vaisseau?

TAMPON.

Des omelettes, mon vieux. On va le dépecer. Ne voyez-vous pas que c'est un vaisseau de carton.

AUGUSTE.

Air : *Et voilà comme tout s'arrange.*

Ce vaisseau dut briller trois jours
Aux yeux de la foule charmée,
Puis disparaître pour toujours
Comme plus d'une renommée.
Vous êtes trompé, j'en conviens,
Prenez le deuil, mettez un crêpe.
Mais c' vaisseau fut fait; je l' soutiens,
Pour l'instruction des Parisiens
Qui n'ont pas fait l' voyag' de Dieppe.

TAMPON.

Il n'a pas de cale, votre vaisseau ! il n'est pas calé !

GOBETOUT.

C'est inconcevable, qu'on abuse ainsi d'honnêtes Parisiens !
Je ne partirai donc pas pour Alger ?

TAMPON.

Non.

GOBETOUT.

Je n'en reviens pas ! Vous m'aviez promis...

TAMPON.

On vous a promis, et on ne vous a pas tenu parole ; encore
une actualité. Voyez-vous, mon vieux, en tout, il faut savoir
saisir le moment.

VAUDEVILLE FINAL.

Air du vaudeville de M. Cagnard.

GOBETOUT.

On nous promet des choses sans égales,
On nous promet de libres élections,
On nous promet des lois municipales,
Le dégrèv'ment des contributions,
Et puis un tas de bell's institutions,
Embelliss'mens de toutes les espèces,
A la Bastille un très beau monument.
Je vois toujours arriver les promesses,
Je n'vois jamais arriver le moment,

ARMANTINE.

On va, dit-on, à la scène française,
Rendre l'éclat dont on la vit briller,
Et restaurer, afin qu'elle nous plaise,
Loges, parterre, et baignoire et foyer,
Le vestibule et le limonadier.
Auteurs, acteurs, d'une ardeur sans égale,
Contribûront à ce grand changement ;
Oui, mais on va commencer par la salle,
L'reste viendra dans un autre moment.

ROUGET.

Sans êtr' savant, tout l'mond' sait que la vie
A ses momens d'ennuis et de chagrins ;
On fait là-d'ssus ben d'la philosophie.
Mon Dieu ! laissons raisonner les malins.   *(bis)*
En fait d'plaisir, nous n'aurons pas d'dispute,
Et j'vais vous dir' quel est mon sentiment :
Pour ne jamais s'ennuyer un'minute,
Faut s'amuser jusqu'au dernier moment.

DELPHINE.

J'ai mes quinze ans , et j'aime assez à rire ,
Plus d'un galant se trouvant sur mes pas ,
Dit : « Mad'moisell', j'ai que'qu' chose à vous dire ,
Mais je voudrais vous le dire tout bas.
— Parlez tout haut, Monsieur, n' vous gênez pas.
— On vous chérit , partout on vous adore ;
Vous devriez faire choix d'un amant.
— Mon Dieu ! Monsieur, je suis bien jeune encore ;
Fait's-moi l' plaisir d'attendre un p'tit moment. »

TAMPON.

L' p'tit caporal qu'est à la place Vendôme
D'puis qu'il est mort on n'en dit plus de mal ;
Mais de son vivant , critiquant l' pauvre cher homme ;
L'un lui trouvait l'caractère inégal ,
L'autre l' disait un petit peu brutal.
Français, Français , à présent tu le pleures ,
Nul n'est parfait dans les hommes éminens
Et s'il avait queq' fois d' mauvais quarts-d'heure ,
Il faut convenir qu'il avait d' beaux momens.

AUGUSTE.

Quand nous avons essayé pour vous plaire ,
De peindre ici mainte actualité ,
Nous avons cru que cette œuvre légère ,
N'appelait pas votre sévérité
Et passerait par un peu de gaîté !
Un grand ouvrage au théâtre a la chance,
D'avoir long-tems votre applaudissement ;
Nous ne vivrons qu'avec la circonstance,
Accordez-nous le succès du moment.

FIN.

182

www.ingramcontent.com/pod-product-compliance
Lightning Source LLC
Chambersburg PA
CBHW071733180626
46818CB00003BA/1373